KB234722

산혼의 노래

산혼의 노래

이정규 시집

KSI 한국학술정보㈜

자연에 귀 기울이고 자연과 이야기 나누며
자연을 사랑할 줄 아는 소박한 사람들과 함께 하면서…

행복하여라!

악인들의 뜻에 따라 걷지 않고

죄인들의 길에 들지 않으며

오만한 자들의 자리에 앉지 않는 사람

-성경, 시편 1:1 -

머리말

    필자는 경남 통영(충무)시 출신으로, 현재 경북 영양군 한 산촌에서 살고 있다. 대학교육행정학을 전공한 학자로서 한국의 시골과 자연이 좋아 경북 영양의 한 산촌에 살면서 아직도 보암직하지 못한 학문의 그릇을 다듬으며 틈틈이 쓴 70여 편의 시를 모아 『산촌의 노래』 라는 시집을 만들었다.

    긴 세월 동안 학문을 사랑하여 서구의 여러 나라에서 생활하다가 고국에 돌아와 공기 좋은 아늑한 산골에서 아내와 함께 평안한 생활을 할 수 있는 행운을 갖게 되었다. 그리던 고국의 시골에 살면서 문학과 음악, 철학과 종교를 좋아하던 청소년 시절을 회상하면서 꽃/나무와 이야기 나누고 청량한 솔 향기 가득 찬 산골에서 산새 소리 즐겨 들으며 아직도 제대로 다듬어지지 않은 학문도 갈고닦으며 그간 잊고 있던 영성을 되찾아 소박한 생활을 편안하게 즐기고 있다. 이런 생활 속에서 간간이 떠오르는 시상을 붙잡아 화폭에 그림을 그리듯, 꿈을 꾸듯, 여행을 하듯, 혹은 영성(靈性)을 담아 서툴고 거친 글 솜씨로 표현하였다. 자연을 사랑하고, 소박한 사람들을 사랑하고, 영성을 추구하며 마음의 평안을 바라는 사람들에게 이 시들이 위안의 씨앗이 되길 소망한다.

이 시집은 네 편으로 이루어져 있다. 제1편은 산골 동네를 그린 산촌의 노래, 제2편은 산골의 자연 환경과 정서를 묘사한 자연의 노래, 제3편은 산촌에 사는 사람들의 모습과 일상을 그린 사람의 노래, 제4편은 산촌에서의 신앙 생활을 읊조린 영성의 노래이다. 영성의 노래엔 가톨릭 신앙 잡지에 게재되었던 몇 편의 필자의 시를 포함하고 있다.

이 책에 소중한 시를 담을 수 있도록 필자에게 지혜와 생각, 일상(日常)과 거소(居所)를 베풀어 주신 하느님과 부모님께 두 손 모아 머리 숙여 깊이 감사드린다. 그리고 항상 동고동락(同苦同樂)하며 시상(詩想)을 떠올릴 수 있게 해준 사랑하는 아내(Yohanna)와 늘 마음의 위안을 주는 사랑하는 딸 기림(Kirym/紀林)에게 이 시집을 더없는 사랑과 함께 기쁨을 담아 바친다.

2012년, 경이로움이 넘치는 아름다운 5월에

나무들의 이야기와
산새들의 노래 소리 들리는
소담한 산촌에서

이정규(마카리오)

목 차

제3편 사람의 노래

행복

-이정규 작시-

그대는 아는가
행복이 있는 곳을
보일 듯 말 듯한 잎새 곁에
잡힐 듯 말 듯한 가지 위에
산 넘고 물 건너
수평선 지나
무지개 너머
새털구름 위에

그대로부터
가까이 아님
멀리 있을 것 같은
행복 나무가
바로
이 순간

그대 마음 밭에
하느님의 사랑으로
자라고 있는 것을

-『참 소중한 당신』(2012년 1월호) 20~21쪽 게재 시-

제1편

산촌의 노래

산촌의 노래

무서리 내리던
어느 날
오지(奧地)라 불리는
끝 마을
경상북도 영양군 입암면 교리
태평양 건너 먼 이국
캐나다에서 찾아온 낯선 부부 길손
주인 떠난 시골집에
새 보금자리 찾다

싸늘한 한풍
높다란 나목(裸木)
앙상한 가지마다
창백하게 얼어붙은 홍시 감 보며
시골집 황토 방
가마솥 걸린 아궁이에
활활 타오르는 불 지피고
얼은 몸 녹인다

청량한 대기
칠흑 같은 밤하늘에
영롱하게 빛나는
별 따다
마음 밭에 가지런히 심어 놓고
따끈한 온돌방에 몸 붙인다

만상(萬象)이 잠든
야심한 새벽
언덕 위 교회 종소리에 놀라
개 짖는 소리
염소 울음소리
광시곡 같은 심포니가
곤히 잠든 마을 깨운다

영양 교동(橋洞)

이름 하여
문향(文鄕)의 고장
고추의 주산지
영양 가는 신작로에서
강 건너 병옥교 지나
우측으로 난
가르마 같은
좁다란 농로 따라 가노라면
개울 위 작은 다리
수차례 건너
가마솥 같은
산자락 아래 아늑히 자리 잡은
산촌
천옥(天獄) 마을
교동

옹기종기
이마 맞댄
서른 남짓 가구 호호마다

아궁이에 불 지피는
초저녁이면
하아얀 연기 온 동네
자욱이 덮고
칠흑 같은 밤하늘에
영롱하게 수놓는
별들의 마법에 걸려
삶에 지치고 고달픈
오늘 하루를
사르르 녹이는 곳
교동

영양 교리 307번지

십수 년 전
제비 같은 서울 청년
덫에 걸려
인연 맺게 된
교동 산비탈에
버려진 땅
교리 307번지

버림받은 설움
한풀이하듯
억새풀
무성히 자라
한풍에 살풀이 춤추고
곳곳에
가시 돋친 아카시아 나무
산자락 깊숙이 파고들어
주인 잃은 설움
삭이고 있네

가파른
산
밑자락엔
두릅나무 진 치고
매서운 겨울바람 맞아
가시 옷 두르고
우두커니
기다리고 있네
새봄을

산촌의 봄

어디서
무얼 하다
새봄은
올해도
이 산촌에 어김없이
다시 찾아온 걸까?

뒷동산 소나무 숲
청아한 향기 발하는
초록빛 솔 잎새에도

앞동산 빨갛게 물 오른
산복숭
꽃망울에도

봄비 맞아 한껏 부풀은
연분홍 진달래
꽃봉오리에도

참빗 같은 서릿발 돋은
차가운 산기슭
새싹 살짝 내민
원추리 잎새에도

봄!
봄!
봄이로구나
봄!

초하(初夏)의 산촌

뻐꾸기 소리
아카시아 향기 타고
산기슭에 울려 퍼지고

온갖 산새 소리
초여름 훈풍 타고
산골 마을
선율 수놓을 때

여유로운 뭉게구름
잠시 가는 길 멈추고
하늘에 두둥실 떠
낮잠 즐기고 있네

산촌의 여름 노래

훈훈한 바람 타고
들려오는
산새들의 아리따운 선율
녹음방초에서 흘러나온
꾀꼬리의 청아한 아리아(aria)
밤꽃 내음 싣고
신명 나게 마찰음 발산하는
매미의 합창
향긋한 꽃향기 머금은
일벌 날갯짓 소리
이름 모를 풀벌레
은은한 가락이
심포니 되어
산골에 울려 퍼진다

시원한 빗줄기 재촉하는
개구리의 숨 가쁜 돌림노래
먼 산 숲 속
후덥지근한 대기 깨트리는

꿩 울음소리
뒷동산 갈참나무 숲에서
흘러나온 애절한 뻐꾸기 울음소리
동구에서 간간이 개 짖는 소리
단잠 빠진
산골 마을 깨우려 하나
무더위에 지친 산촌
일손 놓은 채
오수 즐긴다

도송옥(桃松屋)의 꽃 여름

빨강 분홍 하양
삼색 단장한
청아한 코스모스 향기
도송옥 감싸고

빈센트 반 고호(Vincent van Gogh)
영혼 물든
황홀한 노을 색 루드베키아
앞마당에
현란하게 펼쳐지고

갖가지 선홍색 옷고름
치렁치렁 단 봉선화
뒷마당 화려하게 채색할 때

울을 친
해 쫓는 해바라기
황금색 마법의 거울 되어
도송옥을 화사하게 비춘다

뒷동산 정원에
날아갈 듯 활짝 핀
선황색 원추리
검정색 망토 걸친
나비와 깊은 사랑에 빠지고

시샘하듯
산나리 범부채
긴 목 치켜세우고
제 멋 겨워
화사한 점박이 적홍색 스카프
나풀거릴 때

별 닮은
보라 하양 도라지 꽃
고개 쳐들고
진한 향수 바른
더덕 덩굴에 몸을 맡긴다

산촌의 여름 저녁

시원한 소나기 가신 산골
청량한 대기 타고
청아한 소나무 향기
산골 동내 감싸고
산허리에 걸린
구름 위
에메랄드 빛 하늘에
수놓은
붉게 타는
황홀한 저녁노을
넋 놓고
바람마저 숨을 죽인다

서편 하늘
장엄하게 물들인 황혼
어스름한 산 능선에
아스라이 스러지고
동편 하늘
머물던 검은 비구름

몰려와
저녁 하늘 덮을 때
마을 가로등 불빛
하나 둘
산촌을 밝힌다

매미 찬가(1)

수년 동안
땅속에서 걸치던 갑옷 같은
허물 벗어 던지고
아름다운 나래 단
너!

눈부신 태양 빛나고
시원한 바람 솔솔 부는
바깥세상 나와
오늘 있게 한
그 나무에만
연연치 않고
이 나무 저 나무
이곳저곳 찾아다니며
하루 종일
온 힘 다해 나래 비비누나

한여름 햇살을
때로는

짜증스레 부추기기도 하고
때로는
시원스레 달래기도 하지만
인고(忍苦)의 시간과 노력
헛되지 않게
천명(天命) 다해 노래하누나

매미 찬가(2)

수년 동안
어두운 땅속
나무뿌리 진 빨며
이 날을
얼마나 고대해 왔을까?

모진 인고(忍苦)의 나날 망각하려
동 트기 무섭게
선잠에서 깨어 나와
나래 세차게 비비며
한낮 뜨거운 햇살
재촉하는 것은 아닐까?

여름 한철 동안
날개 닳도록 비벼대며
한없이 파열음 토해내는 것은
가을과 함께
전설 속으로 사라지는
짧은 생(生) 한스러워서가 아닐까?

툭 불거진
목피(木皮) 빛 눈망울
추색(秋色) 감돌면
파열음 내던 나래 접고 고운 자태로
짧은 생 마감하는 것은
숭고하면서도
얼마나 아쉬움 남기는 삶인가!

산촌의 초가을

산새들의
경쾌한 노래가
가을을 재촉하는
정숙(靜淑)한 아침
산촌의 가을은
아직도
녹색으로
분장한 산골
곳곳에
선홍색
주황색
물감 뿌린 듯
간간이
고운 단풍 물들고
감
대추
사과
주저리
주저리 달린

아리따운
열매마다
짙어가는
추색 담아
정갈한 색깔
자랑하누나

산촌의 가을(1)

따가운 가을 햇살에
들녘 고추가
골
골이
새빨갛게 분장하고
동구 밭
콩
들깨
알알이 여물 때
산촌엔
추색이 깃든다

나지막한 동네 앞산
참나무 숲
단풍 물들고
집집마다
주저리 열린 감
선홍빛 가을 색 단장할 때
산촌은

가을 정취에 빠져든다

고추 콩 들깨 더미
턱에 차게 실은
경운기
숨 가쁜 소리로
헐떡이며 내달리고
밤낮 지칠 줄 모르는
건조기
단조로운 모터 소리 토하며
매캐한 고추 냄새
온 동네 흩날릴 때
산촌은
만추(晩秋)의 계절로 접어든다

산촌의 가을(2)

작열하던
한여름 태양 피해
짙은 녹음 아래 신명 다해 노래하던
매미는 어디로 모습을 감추었는가!

달구어진 대지(大地) 식히는
장대비 흠뻑 맞으며
목청 터져라 울어대던
개구리는 어디로 가버렸는가!

산마루에서 여름을
슬피 노래하던
투란도트(Turandot) 공주 같은
뻐꾸기는 어디로 떠나갔는가!

해마다
어김없이 찾아오는
가을의 전령사가 걸친
황적색 마법의 단풍에

모두
마술이 걸려 사라졌나 보다

산촌의 겨울 아침(1)

불쑥 솟은
동쪽 산마루
두터운 구름 옷 덮은 채
늦잠 잔 붉은 해가
살며시 머리 내밀고
산골 자욱이 깔린
아침 연기
사이사이로
눈부신 금빛 햇살 뿌릴 때
밤새
초겨울 추위에 움츠린
산골 동네
이제사
기지개 켜고
하얀 연기 토하며
부시시 눈을 부비네

산촌의 겨울 아침(2)

굴뚝에서
피어나는 하얀 연기
찬란한 아침 햇살 받아
황금빛 머금고
창연한 파아란 하늘 향해
솟아오른다

황토색
깃털 가진
조그만 산새 한 마리
찬 서리에 얼어붙은 산복숭
가느다란 가지 끝에
살며시 앉아
아침 노래
경쾌하게
즐겨 부른다

산촌의 겨울(1)

청량한 대기
찬연(燦然)히 빛나는
영롱한 별 무리 속에
명랑(明朗)한 달빛
교교(皎皎)히 흐르는 밤
찬란한 은빛 눈 옷 입은
삼림 사이로
짝 찾는 멧돼지의 애절한 울음소리
산울림 되어
골골이 울려 퍼지고
별빛마저
차가운 겨울 추위에
얼어붙은
산골 동네에 잦아지누나

산촌의 겨울(2)

만상(萬象)이 잠든
정밀(靜謐)이 충일(充溢)한
칠흑 같이 고요한 밤
산촌 시골집 감싸는
매섭도록 차가운 대기 가르며
화기 머금은
화목(火木) 보일러
연통에서
피어나는 따스한 연기
모진 추위 감싸 안으며
겨울바람 타고
영롱한 별빛 따라
하늘나라로
머나 먼 여행 떠나누나

산골의 겨울 저녁(1)

자욱한 연기
바람 한 점 없는
산골 메우고

산새마저
보금자리 찾아
자취 감추었구나

어둠 재촉하듯
황혼은 서산머리에
서성거리고

밤 기다리는
둥근 달
동편 하늘에
찬연한 빛 머금고

먼 저곳
숨어 있는

별 무리 향해
교교한 은빛 내리비추네

산골의 겨울 저녁(2)

붉은 벼슬
앞세워
온종일
도도하게 걷던
꼬꼬 닭
이층 횟대 올라가
목 움츠려 나래 접어
잠 청하고

따스한 햇볕 아래
재롱부리던
야옹이
보금자리 들어가
동그랗게
몸 움츠려
잠자리 찾아들 때

황홀한 노을은
소한(小寒) 찬바람 맞으며

연기 목도리 두르고
별 무리 손짓하누나

산불!

-2011년 1월 26일-

불!
불이야!
거세게 문 두드리는 소리에
글 쓰다 말고 엉겁결에
맨몸 그대로 뛰쳐나가니
화마(火魔)는 이미
시커먼 연기 토하며
미친 듯이
집 뒤편 산등성이 타고
빠짝 마른 잡목 숲
검붉은 화염으로 마구 삼키고 있네

삽자루 들고
사방으로 살풀이하는 불!
이리저리 정신없이 내리치며
물! 물! 물!
119! 119! 전화!
동네 방송! 방송!
황급히 소리 지르며

불똥이 등에 떨어져
옷이 타는 것도 모른 채
얼굴 태울 듯
달려드는 화마와 싸우고 있네

고요하던 산촌에
별안간 사이렌 소리
여섯 골짜기에 숨 가쁘게 울려 퍼지고
가가호호(家家戶戶) 동네 사람
뛰쳐나와
쇠스랑 들고
삽자루 들고
물통 들고
화마 잡으려 몰려왔네

* 이 시를 당시 영양군청 삼림담당 공무원이었던 고인이 된
이병규님께 올린다.

제2편
자연의 노래

자연의 노래

-봄이 오는 소리-

기나긴
겨울 내내
안식 찾아
옹기종기 이마 맞대어
추위에 하얗게 얼어붙은
진달래 꽃망울
이제 봄빛 담아
연분홍빛 머금고

모진 찬 바람에
하늘 향해
다투듯 손짓하던
산복숭 가지마다
봄 기운 받아
붉은 물감 채색하누나

서릿발 내린
두터운 낙엽층에

뿌리내려
영성 속삭이며
새 생명 기다리던
참나물 취나물도
봄 소리 듣고
초록 잎새
살며시 내미는구나

입춘(立春)을 맞아

한겨울 절기 타고
소한(小寒) 대한(大寒)
매섭던 추위 몰고 온
동장군(冬將軍)
두터운 겨울 외투
홀가분히 벗어 던지고
정월 초하루
해맞이 하러
동해 바닷가에 가버린 탓일까
오늘
입춘 맞아
따스한 햇살
이 산촌
골골이 비추어
온기 불어 넣는구나
오호라
입춘대길(立春大吉)이라 하였던가!

주왕산(周王山)

하늘 높이 향한
구부정한 솔가지
남쪽 향해
삐죽이 고개 내밀고
바람 소리
산새 소리 감아 돌며
솔잎 합장하는
아름드리 금강송 자리 잡은
아늑한 곳
청아한 솔뿌리
내음 마음껏 맡으며
하늘나라 꿈꾸는
나의 어머니
혼백이 머무는 산이여

누구일까요

무더운 초여름
유월 햇살에 고개 돌린
해바라기는
누구를 위한 자태일까요?

돌담장
찔레 덤불에 피어나는
그윽한 향기 따라
꽃 찾는
벌들의 입맞춤은
누구를 위한 인사일까요?

앞산 숲 속
바람결에 들려오는
산새들의 지저귐은
누구를 위한 노래일까요?

푸른 산봉우리
치맛자락 같은 능선 따라

파아란 하늘에 그려진
하얀 뭉게구름은
누구의 모습일까요?

해와 달 그리고 별

여명 헤치며
눈부신 황금빛 햇살로
고요한 아침 여는
찬란한 태양은
누굴 위해
진종일
푸른 창공 머물다
황홀한 노을 남기며
안녕 고할까?

어스름한
황혼 점차
어둠 젖어
칠흑 같은 창공 활짝 젖히면
낮 가린 반달
중천(中天)에서
교교한 은빛
온 세상에 은은히 발하고

하나

둘 셋 넷 …

무수한 별들이

마법 걸린

천사와 함께

밤하늘 가득

찬연한 갖가지 별꽃

총총히 피운다

찬란한 태양이

아침 문 다시 열 때까지

벌 한 마리

벌 한 마리
현란한 루드베키아
색상 현혹되어
황급히
꽃 속 달려들다
거미줄에
다리 걸려버렸네

엉겁결에
허둥지둥 발버둥치다
날개마저 걸려
온 몸통 휘감겨
물레처럼 곤두박질치고 있네

옆 꽃 화수(花鬚) 찾은
다른 벌 한 마리
몸 움츠리고
내 몰라라
단맛 즐기며
화분(花粉)에 멱 감고 있네

벌과 나비

어디선가
벌 한 마리
산들바람에 춤추는
코스모스 찾아와
이 꽃 저 꽃
나래 붕붕거리며
화술 더듬고
신나는 곡예 즐기네

때마침
검정 망토 두른
나비 한 마리
황금색 원추리 꽃에
나래 접고 앉아
머리 숙인 채
달콤한 사랑의 묘약 빨아들이네

삼복(三伏)더위

찌는 듯한
삼복(三伏)더위
무더운 여름
노래하던 매미
지친 듯
파열음 연거푸 토하고
산새마저
경쾌한 노래 멈추고
숲 속에서 숨 고르며
안식(安息) 찾누나

간간이
찌르레기 울음소리
후덥지근한 대기
연이어 깨뜨리고
들꽃 즐겨 찾던
벌
나비마저
녹음(綠陰) 찾아

피서 떠나누나

따가운 햇살에
더위 먹은
호박잎
황금빛 꽃마저 접고
푸른 하늘 떠 있는
무심한
뭉게구름 보며
한줄기 소나기
애걸하누나

계곡의 여름

맑고 차가운 계곡물
삼복더위
달구어진 몸 담그고
돌베개하고 누워
파아란 하늘
적송림(赤松林) 위로 피어나는
뭉게구름 바라보네

개울가에 늘어선
물봉선 진분홍 꽃무리
졸졸 흐르는 물소리 장단 맞추어
어깨춤 추고
저만치 홀로
발 담그던 샛노란 달맞이꽃
옷고름 고이 접고
덩달아 덩실거리네

금빛 햇살 받아
아롱다롱 채색된 물자갈밭

한 무리 송사리 꼬리 흔들며 재롱부리고
아기 물고기 모래 헤치며 몸매 다듬네

때마침
더위 지친 고추잠자리
한 마리 찾아와
금빛 물에 날개 적시고
숲 속 매미
산새들
경쾌한 합주 따라
억새풀 잎에서
추천 놀이 즐기네

늦더위

한여름
실어 보낸
처서도 엊그제 떠났건만
먼 하늘 흰 구름
더위 머금은 채
서성거리고
시샘 많은 늦더위
다시 찾아와
하늘거리는 코스모스에
빨강 분홍 하양
삼색 꽃 피우고
가지마다 주저리 열린
포도 송이 송이
검붉게 채색하누나
뒷동산 숲 속에서
늦더위 토하는
꿩
매미
풀벌레

딱따구리
한데 어우러져
가는 여름
함께 노래하며
도송옥 가득 메우누나

무서리와 청개구리

시월

하순

무서리 내린

어느 날 아침

유난히도 일찍 찾아온

첫추위에 질린 듯

조그만 몸 움츠린

청개구리 한 마리

곱디고운

초록 치마저고리 입고

산복숭 나무 아래서

소나기 소리에

목청 높여

노래 부르던

당당한 그 자태

어디로 사라지고

초라한 모습

얼어붙은

표정으로

애처롭게
쳐다보누나
나를

가을과 국화

그대는 아는가?
해마다
늦가을이면
어김없이 잎새
단풍으로
물드는 것은
가지 깊은 곳
겨울맞이 초아(草芽)
새 봄 새 생명 위해
자리 잡기 위함인 것을

그대는 아는가?
해마다
가을이면
어김없이 국화꽃
홀로 피어
영성 깊은 향기 발하는 것은
아름다운 봄 여름 꽃들
그윽하게 추념하며

가는 한 해
엄숙하게 마감하는 것을

가을을 보내며

- 교리에서 -

찬 서리 서너 번 내려
온통 추색 칠한
아늑한 산골
영양 교리

촌로(村老)의
애탄 마음
성급한 경운기 모터 소리에 싣고
골짜기
빛바랜 고추 밭으로
내달음칠 때

분주해진 일벌 가족
만추(晩秋) 한껏 머금고
아름아름 옹기종기 피어 있는
노란 산국화 찾아
한겨울 지낼
양식 위해
이 꽃 저 꽃

바삐
입맞춤하는구나

겨울 감나무

싸늘한 한풍
앙상한 가지마다
숯처럼
까맣게 말라붙은
홍시 감

빠알간 색조
초파일 연등 같은 우아함
자랑하던 그 자태
무서리
찬바람에 스러지고

까치
참새
뭇 산새
퍼드득 날아와
날개 깃 사뿐히 접고
가지 끝 매달린 까아만 곶감에
연신 입을 맞춘다

겨울이 오는 길목에서

봄
여름
꽃바람
몰아오던
남동풍
낙엽 실어
찬바람 몰아
북서풍으로 갈아타고

동편 하늘
가만히 숨어 있던
찬연히 빛나는
별 하나
올겨울도 남쪽 창문에 걸려
다시 은빛 눈꽃 피울 때

작년 이맘 때
앞산 숲 속 산마루
방황하던 고라니 멧돼지

올해도 어김없이
이 골 저 골에서
짝 찾아 울부짖누나

새해를 맞이하며

임진년 정월 초하루
붉은 해
동산 위에 솟아
하늘과 땅에
찬란한 햇살
뿌린다

오늘의 해가
어제의 해와
다르지 않건만
어제와 오늘이
다르게
느껴지는 것은
무슨 연유일까?

어제가 있음에
오늘이 있고
오늘이 있음에
내일이 있는 것을

알고 있건만

아침의 해가
한낮의 해와 같고
한낮의 해가
저녁의 해와 같음을
알고 있으나

정녕
어제의 해는
오늘의 해가 아니듯
오늘의 해는
내일의 해가 아닌 것을
이제야 알 것 같구나

눈 내리는 날

봄 여름 가을 겨울
철 따라
소담한 산촌에
울려 퍼지던
뭇 산새 소리
풀벌레 소리
비바람 소리
산짐승 울부짖는 소리
개 짖는 소리
경운기 소리마저

소리 없이 내리는
하얀 눈에
숨죽인
이월 초순
오후

앙상한 가지마다
하얀 눈 꽃송이

소담스레 피어나고
마른 가지
춘색에 촉촉이 젖어들어
새봄 손짓하는구나

창 속에 별 하나

잠자리에 누워
밤하늘 쳐다보면
창 속에 별 하나
찬연(燦然)한 빛
우리 얼굴 내리비추네
아득히 먼
이승에서 오는 걸까?
손에 잡힐 듯 말 듯한 가까운
저승에서 오는 걸까?

매일 밤
신비한 빛으로
우리 마음 문
두드리는 저 별은
누구의 발자취일까?
무엇의 환생일까?

언제부턴가(1)

언제부턴가
빨강 분홍 하양
꽃잎 따다
코스모스 비밀
알고자 하였건만
남은 건
손바닥에 시든 꽃잎뿐이었네

언제부턴가
초록색 꽃 찾아
이리저리 헤매었건만
찾은 건
빛바랜 가지에 달라붙은
변색된 연두색 수국 꽃송이뿐이었네

언제부턴가
행복 찾아
이곳저곳 달려갔건만
행복은

실바람처럼 찾아와
뭉게구름처럼 피어올라
먼 저곳
파아란 하늘에서
넌지시 미소 짓고 있다네

겨울 햇살

따스한 햇살이 대지에 편만한
동지 하루 지난
고요한 아침

산새 소리
개 짖는 소리마저
한풍에 잦아들고
구름 한 점 없는 파아란 하늘이
마음까지 파랗게
물들이는구나

거실(居室) 깊이 찾아드는
포근한 햇살은
크리스마스 캐럴(carol)의 경쾌한
리듬에 귀 기울이다
잠시
하늘나라
꿈 꾸는구나

눈과 고드름

입춘 닷새 남긴

간밤

눈이 내려

세상살이 드러낸 산촌

새하얀 눈으로

소복하게 덮어 주었구나

앞동산 산마루엔

은빛 눈가루

바람을 타고

안개처럼 피어나고

처마 끝에 달린

수정 같은 고드름

금빛 햇살 받아

영롱한 이슬 되어

방울방울 맺어

떨어지누나

자연의 노래(2)

-달과 별이 빛나는 밤에-

풀

한 포기

나무

한 그루에도

생생한 기운 감돌고

맑은 바람

밝은 달빛

감싸고 있네

풀잎

나무잎

땅 기운 받아

별빛 달빛 비추는

하늘 향해 영성(靈性) 간구하고

하늘 기운 내리받은 뿌리

땅속에서 세상살이 접고 안식 찾누나

옛 문사(文士)가

읊었던가

풀을 통해

천지의 생생(生生) 깨닫고
요산완초(樂山玩艸)
음풍농월(吟風弄月)하며
호연지기(浩然之氣) 기른다고

* 자연의 노래(2): 달과 별이 빛나는 밤에
〈이 시의 배경 이해를 위한 옛 문사의 글귀 주해 및 병풍 글귀 소개〉

* 요산완초(樂山玩艸) 산수를 좋아하고 초목을 즐겨 구경하다.
  음풍농월(吟風弄月) 맑은 바람과 밝은 달을 대하여 시를 지어
                  읊으며 즐기다.
  호연지기(浩然之氣) 공명정대하여 조금도 부끄러울 바 없는
                  도덕적 용기.

* 옛 문사의 음풍농월(吟風弄月)하면서 돌아오는 경지: 『논어』
선진(先進)에 "기수(沂水)에서 목욕하고 무우(舞雩)에서 바람을 쐰

뒤 노래를 부르면서 돌아오겠다”는 증점(曾點)의 말을 인용하여 ‘옆에 있는 사람은 내 마음 낙(樂)을 알지 못하고’ 한 정호의 경지를 말함. 주희(朱熹)가 지은『이락연원록(伊洛淵源錄)』권1 염계선생유사(濂溪先生遺事)에 “명도 선생이 말하기를, ‘내가 주무숙을 재차 찾아뵌 뒤에 음풍농월하고 돌아오면서, 공자께서 증점(曾點)과 함께하겠다고 하신 그 호연한 기상을 느꼈다’고 하였다[明道先生言 自再見周茂叔後 吟風弄月以歸 有吾與點也之意].”라는 말이 실려 있다. 무숙(茂叔)은 염계(濂溪) 주돈이(周敦頤)의 호이다.

   * 정초일반의사(庭草一般意思): 송(宋) 나라 주돈이(周敦頤)가 창 앞뜰에 풀이 무성하여도 제거하지 않았는데, 누가 그 까닭을 묻자 “나의 의사(意思)와 저 풀의 의사가 서로 같다” 하였다. 즉, 풀도 나와 마찬가지로 살려는 생(生)의 의사가 있다는 것이다.『近思錄 卷14』주돈이(周敦頤)가 살던 곳의 창 앞에 풀이 무성히 자라도 베지 않기에 어떤 사람이 그 까닭을 물었더니, “나의 의사와 같다[與自家意思一般]” 하였는데, 이 말은 풀의 살려는 뜻[生意]이 자신의 살려는 뜻과 같기 때문에 베지 않는다는 뜻을 담고 있다. 주돈이(周敦頤)는 풀을 통해서 천지가 생생(生生)하는 뜻을 보았던 것이다.『近思錄 卷14』염계(濂溪) 주돈이(周敦頤)가 창 앞의 풀을 깎지 않고 “자신의 의사와 일반이다[與自家意思一般]” 하였다. 즉, 창 앞에 난 풀은 천지(天地)의 생생(生生)의 기운을 받은 것으로서 사람의 의사와 같음이 있다 하여 깎지 않았다 한다(『性理大全』卷39 周子).

* 구남산인(邱南散人) 우계(又溪) 양기식(楊麒植) 친필 병풍, 임술
  년(壬戌年, 1982) 유하절(榴夏節: 5월) 작(作) 말미 구절 역주.
* 역주: 김주부(金周富)
* 이 시의 말미 구절은 우계 친필 병풍 마지막 구절에서 인용
  확충함.

별첨: **우계(又溪) 양기식(楊麒植) 친필 8폭 병풍(屏風)** 전문(全文) 및 국문 번역

堯欽舜恭(요흠순공) 요임금은 경건하였고 손임금은 공손하
였으며

禹孜湯慄(우자탕율) 우임금은 부지런하고 탕임금은 두려
워했네

翼翼文心(익익문심) 공손하고 조심한 마음을 지킨 문왕(文
王)이고

蕩蕩武極(탕탕무극) 호호탕탕 드넓음은 법도 지킨 무왕(武
王)이네

天德絶四(천덕절사) 하늘에서 타고난 덕은 네 가지가 없
었고

聖道貫一(성도관일) 성인의 도리는 하나로써 관통하였네

三省戰兢(삼성전긍) 세 번 자신을 반성하며 조심한 건 증
자(曾子)이고

四勿克復(사물극복) 네 가지로 사욕 잊고 예법을 회복한
건 안자(顔子)였네

操存事天(조존사천) 마음을 보존하여 하늘을 섬기려면

擴充養浩(확충양호) 사단을 확충하고 호연지기를 길러야
한다

戒懼謹獨(계구근독) 경계하며 조심하고 혼자 있을 때 삼가
하여

明誠凝道(명성응도) 명성으로 지극한 도 이룬 건 자사(子
思)이고
直內方外(직내방외) 경으로 마음을 곧게 하고 의로써 외면
을 바르게 하며
日乾夕惕(일건석척) 아침저녁으로 근면하고 조심하였네
樂山玩艸(요산완초) 산수를 좋아하고 초목을 즐겨 구경
하며
吟風弄月(음풍농월) 풍광을 읊조리고 달빛을 완상한다

壬戌 榴夏節 邱南散人 又溪 楊麒植

임술년(壬戌年, 1982) 유하절(榴夏節: 5월) 구남산인(邱南散
人) 우계(又溪) 양기식(楊麒植)
도장: 양기식인(楊麒植印) 우계필진(又溪筆眞)
* 이정규(李廷奎) 소장(所藏), 우계(又溪) 양기식(楊麒植) 친
필 8폭 병풍(屛風) 탈초 및 역주
번역자: 한국한문학전공 문학박사 김주부(金周富)
* 우리 가족을 위해 친필 8폭 병풍을 써 주신 고(故) 우계
양기식 장인 어르신께 정중히 머리 숙여 마음으로 깊이 감
사 드리며, 또한 필자의 요청을 받아 우계 양기식 님의 친필
병풍 전문을 기꺼이 탈초 및 역주해 준 김주부 박사께 이
시집을 통해 감사를 전한다.

제3편

사람의 노래

사람의 노래

-어디에서 무엇을 하며 어떻게 살아야 할까-

첫눈이
소리 없이 내리는 날
주인 잃은 병옥 집
툇마루에 우두커니 서서
온통
하얗게 덮여 있는
논
밭
산마루
바라보며
어디서
무엇을 하며
어떻게 살아야 할 것인가를
곰곰이
생각해 본다

해와 달
구름과 눈비
산새와 바람

별빛과 풀벌레 소리
보고 들으며
나무와 정답게 이야기 나누고
흙과 꽃 냄새 한껏 즐기며
그윽한
향기 나는
열매 가득 맺도록
한 점
부끄럼 없고 후회 없는
평안한 여생을
영성 심고 가꾸며
기도하면서
내가 사랑하는 사람들
나를 사랑하는 사람들
나에게 가까이 있는
소박한 사람들과
함께하리라

영양 교동 사람들

수많은 세월
깊이 파인 주름만큼
수많은 사연
거칠어진 손길
무디어진 손 마디 마디만큼
고달픈 삶 가득
소주 한 잔
깊은 주름에 정담(情談) 가득
막걸리 한 잔
거친 손길에 온정 가득
담아
잔 나누는
교동 사람들

병옥리 큰형님

-호형호제(呼兄呼弟)-

곱게 물든 단풍 잎새
하얗게 내린 무서리에 잦아들고
입동(立冬) 첫추위
낙엽마저 갈 길 잃고
보금자리 찾아 헤매던 날
영양 병옥 시골 마을에서
처음 만난 인연(因緣)일세

주인 잃은 빈집
조그만 방 한 칸에
불 지핀 온정(溫情)
교동 병옥
오가며
겨울 봄 여름 가을
두 번 지나
서로의 마음 밭에 피어오른
온후한 정리(情理)일세

그동안
삶의 길(行路)과
세월(年輪)이 다를지라도
인정으로 맺은 사이
어디서 무얼 하던
여생을 호형호제(呼兄呼弟)할
인연(因緣)일세

오늘이 지나면

풀벌레 소리
유난히도
크게 들리는 한낮

어제
거친 비
바람 소리
파아란 하늘
하아얀 뭉게구름 속으로
사라지고

오늘
싱그러운 잎새 사이로
찬란한 햇살
도송옥(桃松屋) 창가에
살포시 찾아든다

잠시
오수에 빠진

돌아누운 그대 모습
물끄러미 바라보며
새삼
산다는 것
소중한 것이
무엇인가를 곰곰이 생각해본다

눈에 보이지 않으나
느낄 수 있고
가깝고
흔한 것 중에
얼마나
소중하고 고귀한 것이 많은가!

오늘이 지나면
어제가 되고
내일이 오는 것을 …

아델라이데(Adelaide)

베토벤(Beethoven) 가곡
작품(Opus) 제46번
아델라이데(Adelaide)
종교와 철학
문학과 음악을 사랑하던
갓 스무 살 청년 시절
애창곡 된 이래

학문의 왕도(王道) 찾아
독일 트리어(Trier)
캐나다 앨버타 에드먼턴(Edmonton)
미국 몬태나 미줄라(Missoula)
텍사스 오스틴(Austin)에서
심신이 고단하고
힘들 때
너
아델라이데(Adelaide)!
마음 울리던
바이올린 선율의

로망스(Romance)
봄(Spring)과 함께
얼마나 큰 위안이 되었던가!

반백(半白) 노인 되어
경상도
영양 산골
자연의 소리 어울진
아늑한 산촌 마을
교리에서
다시 듣게 될 줄이야

나의 애견

-튤립(Tulip)을 그리며 -

몇 해 전
어느 봄날
어미 품 갓 벗어나
새 식구 된
너
까아만 얼굴
흑장미 꽃잎 같은 귀
티베트 불자 닮은
반짝이는 눈망울
검정 비로드 블라우스 단추 같은
납작한 코
흑튤립 꽃잎처럼 보드라운 입술
새까만 발톱에 윤기 나는 갈색 털 가진
너
푸른 잔디밭
카펫 위에서
잔 재롱 지칠 대로 부리고
무릎 위
소파 위에서

코 골며 낮잠 즐기고
우리 가족에게 기쁨 선사하던
너
봄 여름 가을 겨울
두 번 지나고
또다시 봄 여름 지난
구름 낀
늦가을 어느 날 오후
나의 사랑하는 딸
기림이를
무척이나 좋아하고
그리워하던
우리
튤립을
야속하게도
떠나보내었구나!

한 장의 카드

-사랑하는 딸에게서

산 넘고 바다 건너
구름마저 다른
먼 나라
캐나다에 사는
딸에게서 카드가 왔다
어머니날 맞아

나비가 꽃의 꿀 찾아
날개 펼치듯
그리움의 나래에 사랑 담고
엄마 아빠의 행복 바라면서

하루도 멀다 하고
얼굴 마주 보며
화상 대화 나누지만
카드 한 장에서
느끼는 애절한 정
담고 있는 애틋한 사랑이

마음 실어
구름 타고
산 넘고 또 넘고 너머
바다 하안~ 참 건너
먼~ 그곳
딸에게로
달려가누나

참 소중한 나의 동생

이 세상 천지
단 하나뿐인
나의 동생

항상
아우의 행복 바라며
기도하건만
마음 속 어느 한 모퉁이엔
언제부턴가
아쉬움 자라
이끼처럼 끼어 있다네

사랑과 기대가
지나쳐서일까?
긴 세월 속에
서로 늙어가는 모습
간간이 바라볼 수 있지만
생각과 마음이
다르게 물드는 것 같아

무척이나 안타깝구나

어쩌면
그것이 당연한 것을 …

아직도
어린 시절
온후한 정 넘치던
동생 그리며
그 생각에서
영영 벗어나지 못하는구나

어머니

오늘
백발이 된
어머니의 머리카락이
아름다운 눈송이처럼
앞가리개에
소담스레
놓여 있는 사진을 보았다

오늘
그리움에 젖은 마음을
감사와 사랑으로
온통 물들이고 싶다
어제도 오늘처럼
내일도 오늘 같기만을
간곡한 마음 담아
두 손 모아 기도드린다
아름다운 삶이 되시기를 …

화장터

유월 상순
더위도 통곡 소리에
묻혀 버린 날
이승 떠나는 길
한편에선
별리(別離) 애달파하며
거칠은 목탁 소리 타고
염불마저 사바세계 내달음치고
다른 한편에선
성가(聖歌) 찬송가 소리 한데 어우러져
화장터 가득 채울 때
요단 강 건너
저승길 재촉하며
육골(肉骨)은 불길에 휩싸여
한 줌의 재가 되도다!

한 해를 보내며

섣달 그믐날에
한 해를 마감하며
거울에 그려진
나의 모습 바라본다
'오늘의 얼굴이
어제 나의
인생의 잔영임을
오늘의 생각이 내일 나의
인생의 모습임을' …
어느 선각자의 명언 되새기며
앞으로 나의
삶의 목적이 무엇인가를 자각하고
참행복을 추구하는 삶을
살리라 다짐하며
주님께 감사 기도드리나이다

－2011년 12월 31일 오후에－

영양 산촌에서

노년(老年)에

늙어가는 것은
욕심 버리고
깊어지는 주름
퇴색된 자화상 비춰보며
사랑의 웃음으로 별리(別離) 연습하고
먼 길 떠날 여행
준비하는 일일세

흐릿하고 침침한 눈은
어질고 부드러운 마음의 빛으로
잘 들리지 않는 가는귀는
하느님의 소리로
채우는 일일진대
병
가난
외로움
할 일 없는 고통
짊어지고 온 길손이
새털구름처럼 그냥 지나가야 할 텐데……

그대는 아는가(1)

- 삶과 죽음 -

그대는 아는가?
삶의 비밀을
온갖 시련과 고난이
그대를 시험할지라도
용기와 희망은
이와 함께 싹트고
눈물과 슬픔 속에서
웃음과 기쁨
피어나는 것을

그대는 아는가?
죽음의 비밀을
언제
어디서
어떻게
그대를 찾아올지 모르는
길손 위해
오늘도 기꺼이
그와 손잡고

머나먼 곳으로
편안하게
긴 여행 떠날
채비를 하고 있는가

행복해지길 바란다면

-우리를 행복하게 만들 수 있는 10가지 방법-

그대가 행복해지길 바란다면

매사에 감사하고
사랑하는 마음을 가지고

낙천적이고
긍정적인 생각을 하며

꾸준히 즐겁게
일하며 운동하고

올바르고 선한
사람을 만나며

행복을 느끼고
만들 수 있는 일을 하고

그런 사람을 만나도록 애쓰며

미덕(美德)을 키우고

서로의 차이를 인정하고 존중하며

마음을 가난하고
깨끗하게 하고

영성(靈性)이 함께하는
신실한 종교 생활을 할 때

행복이 그대의 마음 밭에서 자랄 것입니다

－저자의 저서 〈대학교육과 행복〉(2012년 발행). p.158에서

전문 인용하였다. －

제4편

영성의 노래

영성의 노래

정숙한 산골
아침
산새들은
숲 속 둥지에서 깨어나
나래 펴 하늘 날아
찬란한 햇살 재촉하고
즐겁게 노래하며 서로 기쁨 나누고

온갖 나무와 풀잎은
영롱한 이슬 머금고
대지에서 피어나는
생명의 숨 한껏 들이마시며
세상 이야기 살며시 풀어 놓는다

갓 돋아난 연록색 잎새들은
총총히 하늘 향해
두 손 모아 기도 드리며
참 행복 바라고
공중으로 사이 좋게 서로 나누어

사방 뻗어나간 햇 가지
세상 향해
오롯이 세상살이 귀 기울이며
많은 열매 기원하네

땅 속 파고들며
이제 자리 찾은 잔뿌리
매일 일용할 양식 구하고
깊이 내린 묵은 뿌리
영성 간구하며
오늘도 영원한 안식 찾누나

언제부턴가(2)

언제부턴가

바람 붙잡으려

두 팔

한껏 뻗어

힘차게

휘저어 보았건만

바람은 손가락 사이로

사알짝 빠져 달아나

저만큼

나뭇가지에 앉아

잎새 팔랑거리고 있다네

언제부턴가

하느님 만나보려고

오늘 이 순간까지

아무리

애써보아도

바로 가까이

있을 것 같은

당신은
실체 없는 바람처럼
보일 듯 말듯
잡힐 듯 말듯
어딘가에서
고요히 침묵하며
나를 지켜보고 있다네

그대는 아는가(2)

-꽃과 밤 그리고 기도-

그대는 아는가?
꽃의 비밀을
우아한 자태 갖춘
화려한 꽃보다
잎새에 살며시
얼굴 내민
조그마한 꽃무리에
그윽한 향기 가득 담긴 것을

그대는 아는가?
밤의 비밀을
온갖
근심 걱정이 무리 지어
뇌리를 배회하는
잠 못 이루는 밤에도
칠흑 같은 어둠 뚫고
영롱한 별빛이
그대 지붕
내리비추는 것을

그대는 아는가?
기도의 비밀을
갖가지
시련과 고난이
그대를 시험하는 날에도
믿음은
이와 함께 싹트고
절망과 미움 속에서도
희망과 사랑
피어나게 하는 것을

뒷동산에 올라

가시덤불 사이사이로

빨갛게 익은 산딸기

살포시 고개 내민

잡풀 무성한 산길

간간이 움푹 파인

멧돼지 발자국 따라 밟으며

향긋한 향기 발하는

찔래 덤불 지나

청아한 솔 향기

발하는 송림(松林) 이르면

잡풀 무성히 덮인

이름 모를 산소(山所) 나를 반긴다

햇빛 찾아

하늘 향한 잎새처럼

두 손 모아 경건한 마음으로

주님께 큰 소리로 기도드리며

이제와 영원 찾아

사방 팔방 뻗어 나간 노송(老松) 가지처럼

신(信)망(望)애(愛) 담아

풀 잎새 솔 잎새 사이사이로
천지 사방
산바람에 실려 보낸다

기도(祈禱)

오늘도
사랑의 주 하느님께
머리 숙여 정중한 마음으로
두 손 모아 기도드립니다
매일
당신을 바라보며
올바르게 살아갈 수 있도록
이끌어 주시는
하느님께 감사드립니다
오늘날까지 우리를 보호해 주시고
은총 베풀어 주심에
온 정성과 마음 바쳐
감사 찬송드립니다
오늘 하루도 어제와 같이 무사하고
내일도 오늘과 같이 평온하게
지낼 수 있도록
보살펴 주시옵소서
마음이 가난하고 청결한 사람들과
참되고 올바른 사람들에게도

믿음 소망 사랑
감사와 행복이 늘 함께하도록
축복해 주시옵소서
주님이시여!
우리를 기억하고 사랑하는 사람들과
우리가 사랑하고 기억하는 사람들에게도
주님의 크신 사랑을 베풀어 주시옵소서
우리 이웃에도
화평과 온정이
늘 함께하길
감사와 사랑 담아
두 손 모아
주님의 이름으로
간절히 기도드리나이다

당신은 누구시나이까

당신이

말씀이시면

우리에게 침묵을 깨고 부디 말씀해 주소서

빛이시면

우리의 어두운 곳을 제발 밝게 비추어 주소서

길이시면

저희에게 올바른 길을 인도하여 주소서

진리이시면

저희에게 참된 행복을 알려 주소서

생명이시면

우리에게 이제와 영원한 생명을 얻는 방법을 가르쳐 주소서

사랑이시면

저희가 온갖 번민과 고통에서 벗어날 수 있게 저희를 돌

보아 주시고 사랑해 주소서

포도나무이시면

저희 나무가지에 욕망의 거짓 열매가 아닌 신앙의 참된

열매를 맺게해 주소서

아버지이시면

저희를 시험에 빠지지 않게 하시고 잘못을 용서하는 자애

(慈愛)를 베풀어 주소서

주님이시면

우리를 죄악에 빠지지 않게 이끌어 주소서

여호와이시면

저희에게 당신의 영광과 권능을 나타내 주소서

하느님이시면

전지전능(全知全能) 하심과 만선만덕(萬善萬德)을 나타내

보여 주소서!

　　　　　－이 시를 진보성당 2구역 교우님들께 바친다－

당신은 어디에 계시나이까

하느님!
당신은 어디에 계시나이까
어제도 오늘도
침묵으로 당신의 모습
감추지 마시고
바라는 것의 실상으로
보이지 않는 것의 증거로
당신을 알 수 있는 지혜와 자유를 주소서
당신의 모습
우리의 가슴으로 볼 수 있게 하소서

고백(Confession)

주여!
지난 긴 세월 동안
주님 곁 홀연히 떠나
주님 향한 눈과 귀
마음과 영성
모두 닫아버리고
혼탁한 세파(世波)에
뛰어들어
세상 지식과 안락
사랑(love)과
행복(happiness) 찾아
헤매었나이다

주님의 말씀(logos)과 은총(gratia)
내던져버린
어리석은 한 마리 양이
칠순 바라보는 이제야
주님의 거룩한 음성과 사랑
가슴에 되담아

어린 양 되기로 한 아내와 함께
주님의 푸른 초장에
부끄러운 모습으로
너무나 염치없이
다시 찾아왔나이다

주님!
저의 어리석음으로
주님 품을 떠난
청소년 시절부터 오늘날까지
알게 모르게 지은
모든 죄를
마음과 몸을 다하여
회개하오니
주님의 자비로
용서해 주시길 간청하나이다!

주님!
통회하는 눈물로

간곡히 신심(信心) 다 바쳐
기구(祈求)하옵니다!
성삼위 하느님의 자비와 은총 가운데
혼인성사를 통하여
부부의 연(緣) 새롭게 맺은
한나(Yohanna)와 함께
주님 뵈올 수 있고
참사랑(agape)과
참행복(beatitudo)을
느끼고 행할 수 있는
선한 양들이 되도록
주님의 길로
인도해 주시옵소서

거룩하신 주님!
그동안 제가 지은 죄를
깊이 성찰(省察)하고
고백(告白)하고
통회(痛悔)할 수 있는

기회 주심에
감사하나이다!

전지전능(全知全能)하시고
만선만덕(萬善萬德)을 갖추신
사랑의 주 하느님!
영광 받으소서!

-영성을 되찾아 성찰과 통회를 함께하면서-

2011년 11월 하순

혼인성사(婚姻聖事)

하느님의 은총 아래

주님의 자녀로 거듭난

한나(Yohanna)와 마카리오(Macarious)

반백 머리 다소곳이 숙인 채

두 손 마주 잡고

아담한

청송 진보성당

제대 앞에

마주 보고 서서

새롭게 신심(信心) 심어주신

콜베 신부님 주례로

이냐시아 수녀님

수산나 마르코

레오니아 알퐁소

네 증인 모시고

성령과 천사들의

정숙한 환대 속에

거룩하고 숭엄한

혼인성사를 드렸나이다

주님!
감사하나이다!
찬미와 영광 받으소서!

－2011년 대림 제1주일(11월 27일) －

우리의 혼인성사와 한나의 세례를 축하하며

진보 성당

-주일 미사

비봉산
정기 내린
경북 청송군 진보면
옹구골 옹기도막에서
영성의 초아(草芽) 뿌리내려
어언 반백 년 연륜 쌓은
진보 성당

비록
장엄하지도
화려하지도 않지만
경건한 신심(信心)으로 단장한
소담한 시골 성당

맨 앞줄 자리 앉은 성도들
반백 머리 하얀 미사보
고이 접어 가린 채
세파에 주름진 거친 두 손
경건하게 합장하고

마음 모으면

천사 음성 닮은
자애로운 이냐시아 수녀님
선창(先唱)으로 입당송 시작되고
우렁차고 엄숙한 음성으로
콜베 신부님
미사 집전할 때
항상
성령과 천사 임재(臨齋)하시어
신심 깊은 소박한 성도들
머리 위
마음속에
별빛 달빛 같이
은총 가득 내려주시네

주여,
자비를 베푸소서!
주여, 영광 받으소서!

주여, 저는 믿나이다! 저희는 믿나이다!

거룩하시도다! 거룩하시도다!

거룩하시도다!

주님께

주님의 어린 양들이

간절히 평화를 청원하나이다

주님! 저희에게 평화를 주소서!

주님! 여기 모인 교우들에게 강복하소서!

-경향잡지 2012년 6월호, pp.130~131 게재 시-

이 시를 진보 성당 교우 여러분들께 바친다.

무엇이 될 것인가?

-천사, 사람, 짐승

어느 선각자가 기록하기를:
"신(神)은
육욕(肉慾)이 없는 지성으로부터
천사를 만드셨고
지성(知性)이 없는 육욕만으로
짐승을 만드셨고
지성과 육욕을 합하여
사람을 만드셨다
인간의
지성이 육욕을 극복하면
천사보다 나은 존재가 되고
육욕이 지성을 압도하면
짐승보다 못한 존재가 된다"

무엇이 될 것인가는
그대 마음에 달려 있도다

-인용: 마호메트, 『코란』 중에서-

신(神)이 있는 영성과 신(神)이 없는 지성

태초에

하느님(神)은 사람을 만드셨도다

영혼 정신 육신을 지닌 존재로

영혼(靈魂)이 앞서면 성자를 닮고

정신(精神)이 앞서면 현자를 닮고

육신(肉身)이 앞서면 짐승을 닮는다

영성(靈性)이 있으면 신이 임재(臨齋)하고

지성(知性)이 있으면 학문이 살고

감성(感性)이 있으면 예술이 움직인다

신(神)이 있는 영성은

영생(永生)의 집을 세우고

신(神)이 있는 지성은

진리(眞理)의 탑을 세우고

신(神)이 없는 지성은

바벨탑을 세운다

－천주교 안동교구청 『틔움』지(2월호) 29쪽 게재 시(詩)－

성모 마리아님께 드리는 글

뻐꾸기 소리
솔향기 가득 찬 산촌에
울려 퍼지는
정숙(靜淑)한 아침
성모 마리아님께 이 글을 올립니다

조그마한
두 손 단정히 합장하고
다소곳이 머리 숙여
제대 앞에 무릎 꿇고
천주의 성모 마리아를
(Sancta Maria Mater Dei)
새벽 미사마다 암송하던
마카리오
엊그제 같은데

학문의 왕도(王道) 따라
멀고 어려운 길 헤매다
주님 떠나

젊음과 세월
모두 탕진하고
육순 넘긴 이제야
주여 자비를 베푸소서
(Kirie eleison)
탄식하며
다시 간곡히
성모 마리아님 불러봅니다

천주의 성모 마리아님!
오랫동안
집 떠나 주님 잊고 산
길 잃은 양을
되찾은 아들로
기꺼이 맞이해 주시어
주님을 이제와 영원히 찬양할 수 있도록
간구하나이다

-『경향잡지』(2011년 8월호) p.141 게재 시(詩)-

얼굴

천만 가지 재주 가진
너!

기도하는 마음 담아
천사 같은 웃음
달빛처럼 고요히 비추어 보려무나

소망하는 마음 담아
새싹 같은 웃음
민들레 꽃씨처럼
바람 실어 멀리
머얼리 날려 보려무나

사랑하는 마음 담아
수정 같은 웃음
에메랄드 호수처럼
맑고 평온하게 펼쳐 보려무나

어제 아픈 마음
오늘 웃음 되어
내일
온 세상 환히 비추는
찬란한 태양이 되어 보려무나

쌍무지개

소나기
길손같이 떠난
초복 갓 넘긴 한여름 오후
서편 하늘
산봉우리 위
빨주노초파남보
칠색 영롱 쌍무지개 떴네

무지개 보며
생각의 나래 달아보네
하느님 마음 칠한다면
무슨 색일까?
사람 마음 칠한다면
무슨 색일까?
사랑 칠한다면
어떤 색일까?
행복 칠한다면
어떤 색일까?

내일
쌍무지개
동편 하늘
다시 뜬다면
위엔
하느님 마음
아래엔
사람 마음
칠색(七色) 층층이
곱게 칠한
참사랑의
참행복 가교(架橋) 아닐까?

별이 빛나는 밤에

청아(淸雅)한 솔향기
가득한
하얀 눈 덮인 산골
새 소리
바람 소리마저
숨죽인
고요한 겨울 밤
장엄한 하늘에서
벌어지는
오묘하고 경이로운
별들의 창연(蒼然)한
불꽃놀이
태고의 신비 간직한
영롱한 빛 반짝이며
주님이 임재(臨齋)하는 곳에서
은총(恩寵)의 빛
내리비추는
수많은
별들

나의 특별한 하루*

－이정규 작시－

동편 산마루
두터운 구름 옷 덮은 채
늦잠 잔 붉은 해가
살며시 머리 내밀고
산골 자욱이 깔린
아침 연기
사이사이로
눈부신 금빛 햇살 뿌릴 때
성삼위 주님께
아침 기도드린다

내가 만나는 사람 누구에게나
나를 볼 수 있고
내가 생각하는 것 무엇에나
당신이 있으며

내가 바라보는 곳 어디에나
당신이 있게 하소서

찬란한 아침 햇살 속에
황금색
깃털 가진
이름 모를 산새 한 쌍
봄기운 물오른 산복숭
가느다란 붉은 가지 끝에
살며시 앉아
마티나타(Matinata)
즐겁게 노래 부른다

따스한 햇살 받아
붉은 벼슬
앞세워 한나절
도도하게 걷던
우리 꼬꼬
소담스런 계란 하나

닭장 아랫목에 살포시 낳아 놓고
나래 활짝 펴
부끄럼 다 털어낼 때

따뜻한 햇볕 담아
두 손 가슴에 모은 채
야~옹 야~옹
재롱부리던 우리 야옹이
저녁 햇살 기울진
아담한 보금자리 들어가
동그랗게
몸 움츠려
잠자리 파고든다

나의 특별한 하루는
어제와 다른
오늘의 노을이 사라질 때
진종일 하던 일 접고
천주의 성삼위와

성모 마리아께
묵주 기도 올린다

풀과 꽃
나무와 숲
해와 구름
달과 별 바라보고
산새 소리
바람 소리 들으며
나의 마음 깨닫게 해주시고
평화와 행복
안식 찾게 해주시며
당신을 찾고
당신을 볼 수 있게 해주심에
감사드리나이다

어둠 깃든 산촌에 퍼진
자욱한 연기
바람 한 점 없는

산골 메우고
오늘과 다른
내일의 하늘 향해
별 무리 손짓할 때

까아만 밤을 기다리던
둥근 달은
하늘에서
온 세상 가득 은빛 발하고
태고의 신비 간직한
영롱한 빛 새롭게 반짝이며
갖가지 은총(恩寵) 내리비추는
수많은 별들

주여, 자비를 베푸소서!
주여, 찬미와 영광 받으소서!

* 이 시는 본 시집에 실린 몇 편의 시에서 일부 표현을 편집하고 가필하여
　　매일의 일상이 특별한 나의 하루를 표현하였음을 밝힌다.

찾아보기

<지은이 및 약력>

이정규(Jeong-Kyu Lee)

경남 통영(충무)시 출신으로 현재 경북 영양군 한 산촌에서 살고 있다. 대학교육을 전공한 학자로서 한국의 시골과 자연이 좋아 경북 영양의 한 산촌에 살면서 아직도 보암직하지 못한 학문의 그릇을 다듬으며 틈틈이 쓴 70여편의 시를 모아 『산촌의 노래』라는 이 시집을 만들었다.

긴 세월 동안 학문을 사랑하여 여러 나라에서 생활하다가 고국에 돌아와 공기 좋은 아늑한 산골에서 아내와 함께 평안한 생활을 할 수 있는 행운을 갖게 되었다. 그리던 고국의 시골에 살면서 문학과 음악, 철학과 종교를 좋아하던 청소년 시절을 회상하며 꽃/나무와 이야기 나누고, 청량한 솔향기 가득 찬 산골에서 산새 소리 즐겨 들으며, 아직도 제대로 다듬어지지 않은 학문도 갈고닦으며, 그간 잊고 있던 영성을 되찾아 단순한 생활을 편안하게 즐기고 있다.

이정규 박사는 미국 오스틴 소재 텍사스 대학교(The University of Texas at Austin)에서 고등교육행정학을 전공하여 철학박사(Ph.D.) 학위를 받고, 캐나다 센트럴 칼리지 학장, 브리티시컬럼비아 대학교 교육대학원 객원교수(학자), 한국교육개발원 교육정책 연구본부 연구위원, 홍익대학교 교육경영관리대학원 대학행정전공 겸임교수를 역임하였다. 또한 국제학술지 Educational Administration and Policy Studies 편집위원, Higher Education, Radical Pedagogy, Globalization and Health 평가위원, 한국대학신문 전문위원 겸 칼럼니스트로 활동하였다.

저자는 고등교육 분야에서 탁월한 학문적 성과를 인정받아 세계 3대 인명사전인 "마르퀴스 후즈 후(Marquis Who's Who)" in America 2006~2007년판(61st Edition)과 "마르퀴스 후즈 후(Marquis Who's Who)" in the World 2006~2007년판(24th Edition), 영국 케임브리지 International Biographical Centre에서 발행하는 "세계인명사전(Dictionary of International Biography)" 2008년판, 그리고 "ABI(American Biographical Institute)에서 선정한 2008년도 "Great Minds of the 21st Century"에 등재되었다.

주요 저서로는 『Korean Higher Education: A Confucian Perspective』, 『Historic Factors Influencing Korean Higher Education』, 『Higher Education in Korea: The Perspectives of Globalization and Happiness』(근간), 『한국사회의 학력·학벌주의 근원과 발달』, 『한국의 고등교육: 종교와 문화의 관점에서』, 『대학, 행복을 위한 황금 열쇠인가?』, 『대학교육과 행복: 사회 정의의 관점에서』 외 다수의 국내외 학술 논문과 연구보고서가 있다. 저자의 논문은 한국, 미국, 영국, 프랑스, 캐나다, 멕시코, 스페인, 브라질, 인도, 중국, 호주, 남아프리카, UN, OECD, UNESCO의 저명한 국내외 학술지에 게재 혹은 소개되었으며, 대다수 논문은 영어 혹은 한국어로, 일부 논문은 프랑스어, 스페인어, 중국어로 출간되었다.

E-mail: jeongkyuk@hotmail.com

산촌의 노래

초 판 인 쇄 | 2012년 8월 10일
초 판 발 행 | 2012년 8월 10일

지 은 이 | 이정규(Jeong-Kyu Lee)
펴 낸 이 | 채종준
펴 낸 곳 | 한국학술정보㈜
주   소 | 경기도 파주시 문발동 파주출판문화정보산업단지 513-5
전   화 | 031) 908-3181(대표)
팩   스 | 031) 908-3189
홈 페 이 지 | http://ebook.kstudy.com
E - m a i l | 출판사업부 publish@kstudy.com
등   록 | 제일산-115호(2000. 6. 19)

ISBN   978-89-268-3668-2 03810 (Paper Book)
         978-89-268-3669-9 05810 (e-Book)